Juan Ramón Jiménez

Herz, stirb oder singe

Gedichte
spanisch und deutsch
Auswahl und Übertragung
von Hans Leopold Davi
Mit fünf Zeichnungen von
Henri Matisse

Diogenes

Auswahl aus
Primeras poesías 1898–1902
Arias tristes 1902–1903
Poemas agrestes 1910–1911
Melancolía 1910–1911
Historias 1909–1912
Estío 1915
Diario de un poeta recién casado 1916
Eternidades 1916–1917
Piedra y cielo 1917–1918
Poesía 1917–1923
Belleza 1917–1923
La estación total 1923–1936
Ríos que se van 1951–1953
Die deutsche Erstausgabe
erschien 1958
im Diogenes Verlag

Veröffentlicht als Diogenes Taschenbuch, 1977

www.diogenes.ch
30/01/43/10
ISBN 3 257 20388 8

A la inmensa minoría
(Der unendlichen Minderheit)
J. R. J.

INDICE

INHALT

BRIEF AN DEN VERLEGER
MANUEL G. MORENTE

Mein lieber Freund,

Als Sie mich baten, eine Auswahl von Gedichten für die ›Colección Universal‹ zusammenzustellen, äußerten Sie den Wunsch, ich möge jene Gedichte auswählen, die, von einem volkstümlichen Gesichtspunkt aus betrachtet, wegen ihrer Spontaneität und Einfachheit einer breiteren Leserschicht zugänglich wären.

Ich setzte mich an die Arbeit und fand, daß das, was ich für das Einfachste und Spontanste in meinem Werk halte, sich immer – natürlicherweise – mit dem Lautersten und Gehaltreichsten innerhalb der Art und Weise meiner verschiedenen Schaffensepochen deckte. Deshalb willigte ich in Ihre Bitte ein.

Was ist also Einfachheit und Spontaneität?

Einfach, wie ich es verstehe, ist das mit knappsten Mitteln Erreichte. Spontan, das ohne ›Anstrengung‹ Geschaffene. Aber das mit knappsten Mitteln Erreichte kann nur aus der Fülle kommen, und das Spontane eines kultivierten Geistes darf nur das Vollkommene sein. (Es sei denn, man fordere, um das zu erreichen, was man üblicherweise einfach und spontan nennt, Mangel an Kultur und Trägheit.) Anders gesagt und den Gedanken umkehrend: Das Vollkom-

mene in der Kunst sind Spontaneität und Schlichtheit eines kultivierten Geistes.

Hier finden Sie also etwas von dem, was ich augenblicklich für das Einfachste und Spontanste meines langen, jugendlichen, dichterischen Werkes halte ...

Immer Ihr
J. R. J.

Madrid, Dezember 1919

¡ADIOS!

PRIMERO, ¡CON QUÉ FUERZA
las manos verdaderas!

– La verja se ha cerrado.
Se cruzan solitarios
el corazón y el campo –.

¡Con qué porfía luego,
las manos del recuerdo!

ABSCHIED

ZUERST, MIT WELCHER GEWALT
die wirklichen Hände!

– Man hat das Gittertor geschlossen.
Einsam kreuzen sich
das Herz und das Feld. –

Mit welcher Beharrlichkeit dann
die Hände des Erinnerns!

Y YO ME IRÉ. Y SE QUEDARÁN LOS PÁJAROS
cantando;
y se quedará mi huerto, con su verde árbol,
y con su pozo blanco.

Todas las tardes, el cielo será azul y plácido;
y tocarán, como esta tarde están tocando,
las campanas del campanario.

Se morirán aquellos que me amaron;
y el pueblo se hará nuevo cada año;
y en el rincón aquel de mi huerto florido y encalado,
mi espíritu errará, nostáljico . . .

Y yo me iré; y estaré solo, sin hogar, sin árbol
verde, sin pozo blanco,
sin cielo azul y plácido . . .
Y se quedarán los pájaros cantando.

DIE ENDGÜLTIGE REISE

UND ICH WERDE GEHEN. UND DIE VÖGEL WERDEN BLEIBEN
und singen;
und bleiben wird mein Garten, mit seinem grünen Baum
und seinem weißen Brunnen.

Jeden Abend wird der Himmel blau und friedlich sein,
und läuten werden, wie heute abend,
die Glocken vom Kirchturm.

Sterben werden jene, die mich liebten;
und das Dorf wird neu jedes Jahr;
und in jener Ecke meines weißblühenden Gartens
wird mein Geist heimwehtrunken umherirren ...

Und ich werde gehen; und ich werde allein sein, ohne
Heim,
ohne grünen Baum, ohne weißen Brunnen,
ohne blauen und friedlichen Himmel ...
Und die Vögel werden bleiben und singen.

MOGUER

ANOCHECIDO, GRANDES NUBES AHOGAN EL PUEBLO.
Los faroles están tristes y soñolientos,
y la luna amarilla camina, entre agua y viento.

Viene un olor a campo mojado. Algún lucero
surje, verdoso, tras un campanario viejo.
El coche de las siete pasa ... Ladran los perros ...

Al salir al camino, se siente el rostro lleno
de luna fría ... Sobre el blanco cementerio,
en la colina, lloran los altos pinos negros.

Bei Einbruch der Nacht ertrinkt das Dorf
in großen Wolken.
Die Laternen sind traurig und schläfrig,
und der gelbe Mond wandelt zwischen Wasser und Wind.

Ein feuchter Feldgeruch naht. Irgendein
schimmernder Stern
taucht auf, grünlich, hinter einem alten Kirchturm.
Der Siebenuhrwagen fährt vorüber ...
Die Hunde bellen ...

Tritt man hinaus auf den Weg, fühlt man das Gesicht voll
vom kalten Mond ... Über dem weißen Friedhof,
auf dem Hügel, weinen die hohen schwarzen Pinien.

LA COJITA

La niña sonríe: »¡Espera,
voy a cojer la muleta!«

Sol y rosas. La arboleda
movida y fresca, dardea
limpias luces verdes. Gresca
de pájaros, brisas nuevas.
La niña sonríe: »¡Espera,
voy a cojer la muleta!«

Un cielo de ensueño y seda,
hasta el corazón se entra.
Los niños, de blanco, juegan,
chillan, sudan, llegan:
»... menaaa!«
La niña sonríe: »¡Espera,
voy a cojer la muleta!«

Das Mädchen lächelt: »Warte,
ich geh' die Krücke holen!«

Sonne und Rosen. Die bewegte
und frische Baumallee wirft
reine, grüne Lichter. Lärm
von Vögeln. Neue Nordostwinde.
Das Mädchen lächelt: »Warte,
ich geh' die Krücke holen!«

Ein Himmel aus Traum und Seide
dringt bis ins Herz.
Die Kinder, in Weiß, kommen,
spielen, schwitzen, schreien:
»... laaauf!«
Das Mädchen lächelt: »Warte,
ich geh' die Krücke holen!«

Saltan sus ojos. Le cuelga,
jirando, falsa, la pierna.
Le duele el hombro. Jadea
contra los chopos. Se sienta.
Ríe y llora y ríe: »¡Espera,
voy a cojer la muleta!«

¡Mas los pájaros no esperan;
los niños no esperan! Yerra
la primavera. Es la fiesta
del que corre y del que vuela . . .
La niña sonríe: »¡Espera,
voy a cojer la muleta!«

Seine Augen leuchten. Verdreht
und fremd hängt das Bein.
Die Schulter schmerzt. Es keucht,
an die Erlen gelehnt, setzt sich,
lacht und weint und lacht: »Warte,
ich geh' die Krücke holen!«

Aber die Vögel warten nicht;
noch warten die Kinder! Der Frühling
irrt. Das Fest gehört dem,
der läuft und dem, der fliegt . . .
Das Mädchen lächelt: »Warte,
ich geh' die Krücke holen!«

TÚ

PASAN TODAS, VERDES, GRANAS . . .
Tú estás allá arriba, blanca.

Todas, bullangueras, agrias . . .
Tú estás allá arriba, plácida.

Pasan arteras, livianas . . .
Tú estás allá arriba, casta.

DU

ALLE GEHEN VORBEI, GRÜN, ROT …
Du bist dort oben, weiß.

Alle streitsüchtig, schroff …
Du bist dort oben, friedlich.

Alle gehen vorbei, listig, leicht …
Du bist dort oben, rein.

SACO MI ESPERANZA, IGUAL
que una deslumbrante joya,
de mi corazón – su caja –,
la paseo entre las rosas,
la mimo, como a una hija,
una hermana, o una novia,
la miro infinitamente,
. . . y la guardo, otra vez, sola.

Ich nehme meine Hoffnung, gleich
einem blendenden Schatz,
aus meinem Herzen – ihrem Kästchen –
führ' sie zwischen Rosen spazieren,
verhätschle sie wie eine Tochter,
eine Schwester oder Braut,
betrachte sie endlos
. . . und verwahre sie wieder, allein.

Por doquiera, flechas de oro
matan al verano. El aire
lleva penas diluídas,
como venenos la sangre.

Todo – las alas, las flores,
la luz – se va de viaje.
¡Qué de despedidas tristes!
El corazón al mar sale.

Escalofríos y lágrimas.
– ¿Adónde os váis? – ¿Dónde estáis?
Todo a todo pregunta.
Nada ni nadie lo sabe . . .

Überall töten goldene Pfeile
den Sommer. Die Luft
trägt aufgelöstes Leid,
wie das Blut Gifte.

Alles – Flügel, Blüten,
Licht – geht auf Reisen.
Welch' trauriges Scheiden!
Ins Meer mündet das Herz.

Fieberschauer und Tränen.
– Wohin geht ihr? – Wo seid ihr?
Ein Fragen ist in allen Dingen.
Nichts und niemand weiß Bescheid . . .

Estrellas, estrellas dulces,
tristes, distantes estrellas,
¿sois ojos de amigos muertos?
– ¡miráis con una fijeza! –
¿Sois ojos de amigos muertos,
que se acuerdan de la tierra
– ¡ay, flores de luz del alma! –
con la primavera nueva?

Sterne, süsse Sterne,
traurige, ferne Sterne.
Seid ihr Augen von toten Freunden?
– Ihr blickt so starr! –
Seid ihr Augen von toten Freunden,
die der Erde gedenken
– ach, Lichtblumen der Seele! –
bei Einzug des Frühlings?

CON TODOS LOS CORAZONES,
ya enterrados, que me amaron,
frío, entre oscuras angustias,
me siento un poco enterrado.

Con todos los corazones,
gloriosos ya, que me amaron,
ardiendo en oro, me siento
un poco trasfigurado.

Mit all den Herzen,
den bereits begrab'nen, die mich liebten
– Kälte, zwischen dunklen Qualen –
fühl' ich mich ein wenig begraben.

Mit all den Herzen,
den bereits glückseligen, die mich liebten,
in Gold glühend, fühl' ich mich
schon ein wenig verklärt.

Yo no sé cómo saltar
desde la orilla de hoy
a la orilla de mañana.

El río se lleva, mientras,
la realidad de esta tarde,
a mares sin esperanza.

Miro al oriente, al poniente,
miro al sur y miro al norte . . .
Toda la verdad dorada
que cercaba al alma mía,
cual con un cielo completo,
se cae, partida y falsa.

. . . Y no sé cómo saltar
desde la orilla de hoy
a la orilla de mañana.

ICH WEISS NICHT, WIE ICH
vom heutigen Ufer
ans Ufer von morgen gelangen soll.

Der Fluß entführt inzwischen
die Wirklichkeit dieses Abends
in Meere ohne Hoffnung.

Ich blicke nach Osten, nach Westen.
Ich blicke nach Süden und nach Norden ...
Die ganze goldene Wahrheit,
die meine Seele umgab –
gleich einem vollendeten Himmel –
fällt, zerbrochen und falsch.

... Ich weiß nicht, wie ich
vom heutigen Ufer
ans Ufer von morgen gelangen soll.

TODO EL DÍA TENGO, AMOR,
tu corazón en mis brazos
– ¡oh blanca flor infinita! –
meciéndolo, acariciándolo.

De noche lo acuesto junto
a mi corazón romántico,
para que duerma en la gloria,
mientras velo desvelado
– ¡oh niño recién nacido,
amor! – por no lastimártelo.

Den ganzen Tag halt' ich, Liebe,
dein Herz in meinen Armen,
es wiegend und kosend
– o weiße, ewige Blume! –

Nachts leg' ich's
an mein romantisches Herz,
damit es selig schlafe,
während ich in Sorge wache,
um es nicht zu verletzen
– o neugebornes Kind, Liebe! –

EN AQUEL BESO, TU BOCA
en mi boca me sembró
el rosal cuyas raíces
se comen el corazón.

– Era otoño. El cielo inmenso
arrancaba, con su sol,
todo el oro de la vida
en columnas de esplendor. –

Estío, seco, ha venido.
El rosal – ¡todo pasó! –
ha abierto, tardo, en mis ojos
dos capullos de dolor.

Mit jenem Kuss säte
dein Mund in meinem Mund
den Rosenstock, dessen Wurzeln
mein Herz anfressen.

– Es war Herbst. Der unermeßliche Himmel
riß, mit seiner Sonne,
in Säulen aus Glanz
das ganze Gold des Lebens empor. –

Es kam, trocken, der Sommer.
Der Rosenstock – alles vorbei! –
hat langsam in meinen Augen
zwei Knospen aus Schmerz geöffnet.

Clavo débil, clavo fuerte …
Alma mía, ¡qué más da!
Fuera cual fuera la suerte,
el cuadro se caerá.

Schwacher Nagel, fester Nagel ...
Gleichviel, meine Seele!
Sei er, wie er will –
das Bild wird fallen.

No, no!
Y el niño llora y huye
sin irse, un punto, por la senda.

¡En sus manos
lo lleva!
No sabe lo que es, mas va a la aurora
con su joya secreta.
Presentimos que aquello es, infinito,
lo ingnorado que el alma nos desvela.
Casi vemos lucir sus dentros de oro,
en desnudez egrejia . . .

– ¡No, no!
Y el niño llora y huye
sin irse, un punto, por la senda.

Podría, fuerte, el brazo asirlo . . .
El corazón, pobre, lo deja.

TRÄUMEND

NEIN, NEIN!
                    Und der Knabe weint und flieht
ohne zu gehn, ein Punkt auf dem Pfad.

In seinen Händen
trägt er's davon!
Er weiß nicht, was es ist, aber er eilt der Morgenröte zu
mit seinem geheimen Juwel.
Wir ahnen, es sei, endlos,
das Unbekannte, das uns die Seele wachhält.
Beinah sehen wir sein goldenes Innere glänzen
in herrlicher Blöße ...

– Nein, nein!
                    Und der Knabe weint und flieht
ohne zu gehn, ein Punkt auf dem Pfad.

Der starke Arm könnte ihn fassen ...
Das arme Herz läßt von ihm ab.

TE DESHOJÉ, COMO UNA ROSA,
para verte tu alma,
y no la vi.

Mas todo en torno
– horizontes de tierras y de mares –,
todo, hasta el infinito,
se colmó de una esencia
inmensa y viva.

Ich entblätterte dich wie eine Rose,
um deine Seele zu erblicken,
und ich sah sie nicht.

Aber alles rund herum
– Horizonte der Länder und Meere –
alles, bis ins Unendliche
wurde von einem
durchdringenden Duft erfüllt.

NOCTURNO

POR DOQUIERA QUE MI ALMA
navega, o anda, o vuela, todo, todo
es suyo. ¡Qué tranquila
en todas partes, siempre;
ahora en la proa alta
que abre en dos platas el azul profundo,
bajando al fondo o ascendiendo al cielo!

¡Oh, qué serena el alma
cuando se ha apoderado,
como una reina solitaria y pura,
de su imperio infinito!

NOCTURNO

WOHIN AUCH MEINE SEELE
segelt, wandert oder fliegt, alles, alles
gehört ihr. Welche Stille
allenthalben, immer;
jetzt auf dem hohen Bug,
der das dunkle Blau in zwei Silberhälften teilt,
in die Tiefe sinkend oder in den Himmel steigend!

Oh, wie gelassen die Seele,
wenn sie – gleich einer reinen
und einsamen Königin –
ihr unendliches Reich in Besitz nimmt!

NO; DORMIDA,
no te beso.

Tú me has dado tu alma
con tus ojos abiertos
– ¡oh jardín estrellado! –
a tu cuerpo.

No, dormida no eres
tú ... No, no, ¡no te beso!

– ... Infiel te fuera a ti si te besara
a ti ...

No, no,
no te beso ... –

BERCEUSE

Nein, schläfst du,
küß' ich dich nicht.

Du hast mir deine Seele geschenkt
mit den wachenden Augen
deines Körpers
– o gestirnter Garten! –

Nein, schläfst du, bist du nicht
du . . . Nein, nein, ich küß' dich nicht!

– . . . Untreu wär' ich dir, küßte ich
dich . . .

Nein, nein,
ich küß' dich nicht . . . –

Lo recuerdo, de pronto,
como un niño asustado
que se ha ido muy lejos, por el bosque
se acuerda de su casa.

¡Oh memoria, memoria
necia, vieja pesada y habladora,
isla de llanto y cobardía!

ICH ERINNERE MICH, PLÖTZLICH,
wie ein erschrockenes Kind,
das sich tief im Wald verlaufen hat
und an sein Haus zurückdenkt.

O Gedächtnis, törichtes
Gedächtnis, lästige und geschwätzige Alte,
Eiland von Feigheit und Klage!

ACCIÓN
Goethe

No sé con qué decirlo,
porque aún no está hecha
mi palabra.

TAT
Goethe

Ich weiss nicht, womit ich's sagen soll, denn mein Wort ist immer noch nicht geformt.

TIRA LA PIEDRA DE HOY,
olvida y duerme. Si es luz,
mañana la encontrarás,
ante la aurora, hecha sol.

Wirf den Stein von heute weg.
Vergiß und schlafe. Wenn er Licht ist,
wirst du ihn morgen wieder finden,
zur Dämmerzeit, in Sonne verwandelt.

INTELIJENCIA, DAME
el nombro exacto de las cosas!
. . . Que mi palabra sea
la cosa misma,
creada por mi alma nuevamente.
Que por mí vayan todos
los que no las conocen, a las cosas;
que por mí vayan todos
los que ya las olvidan, a las cosas;
que por mí vayan todos
los mismos que las aman, a las cosas . . .
¡Intelijencia, dame
el nombro exacto, y tuyo,
y suyo, y mío, de las cosas!

VERSTAND, GIB MIR
den wahren Namen der Dinge!
... Damit mein Wort
das Ding selbst sei,
von meiner Seele neu geschaffen.
Damit meinetwegen alle jene,
die sie nicht kennen, auf die Dinge kommen.
Damit meinetwegen alle jene,
die sie schon vergessen, auf die Dinge kommen.
Damit meinetwegen selbst alle jene,
die sie lieben, auf die Dinge kommen.
Verstand, gib mir
den wahren Namen – und deinen,
ihren und meinen Namen – der Dinge!

ESPERA, LUZ, ESPERA!

– Y corro ansioso, loco –.

¡Espera, luz, espera!

– Espera, y cuando voy
a llegar a su lado, se oscurece,
fría. –

¡Espera, luz, espera!

– Y me echo al suelo, como un niño,
llorando para mí, sin verla ya:

Espera ... luz ... espera ...

Warte, Licht, warte!

– Und ich lauf' begierig, närrisch. –

Warte, Licht, warte!

– Es wartet, und wenn ich in seine Nähe
komme, wird es dunkel,
kalt. –

Warte, Licht, warte!

– Und ich wälze mich am Boden, wie ein Kind,
für mich weinend, ohne es wieder zu erblicken:

Warte ... Licht ... warte ...

TÚ, LO GRANDE, ANDA, DESCANSA
en honor de lo pequeño;
que su mundo está en su hora
y tu hora es el universo.

Du, das Grosse, geh, ruh dich aus
zu Ehren des Kleinen;
denn seine Stunde ist seine Welt
und deine Stunde ist das Weltall.

LIMPIO IRÉ A TI,
como la piedra del arroyo,
lavado en el torrente de mi llanto.

Espérame tú, limpia,
cual una estrella tras la lluvia
– la lluvia de tus lágrimas –.

REIN WERD' ICH DIR BEGEGNEN,
wie der Stein des Baches,
gereinigt durch die Flut meines Weinens.

Erwarte mich du, rein,
gleich einem Stern nach dem Regen
– dem Regen deiner Tränen –.

No corras, ve despacio,
que adonde tienes que ir es a ti solo!

¡Ve despacio, no corras,
que el niño de tu yo, reciennacido
eterno,
no te puede seguir!

Lauf' nicht, geh' langsam:
Du mußt nur auf dich zugehn!

Geh' langsam, lauf' nicht,
denn das Kind deines Ich, das ewig
neugeborene,
kann dir nicht folgen!

AUNQUE SEA LO QUE DICE
un pajarillo, al pasar! . . .

– ¡El aroma que una rosa
deja en unos ojos suaves! . . .

– ¡El celeste brillo que
se evapora en una lágrima! . . .

WENN AUCH NUR, WAS EIN VÖGLEIN
beim Vorüberfliegen singt!

– den Duft, den eine Rose
in sanften Augen hinterläßt!

– den himmlischen Glanz,
der mit einer Träne verdunstet!

MUERTO

QUEDÓ FIJO SU PESO:
un platillo en el cieno;
un platillo en el cielo.

TOT

SEIN GEWICHT WURDE BESTIMMT:
Eine Schale blieb im Schlamm;
eine Schale blieb im Himmel.

Sé bien que soy tronco
del árbol de lo eterno.
Sé bien que las estrellas
con mi sangre alimento.
Que son pájaros míos
todos los claros sueños . . .
Sé bien que, cuando el hacha
de la muerte me tale,
se vendrá abajo el firmamento.

Ich weiss, dass ich Stamm
vom Baum des Ewigen bin.
Ich weiß, daß ich die Sterne
mit meinem Blut speise.
Alle hellen Träume
sind meine Vögel . . .
Ich weiß: Fällt mich
die Axt des Todes,
wird die Himmelskuppel einstürzen.

Yo no soy yo.

Soy este

que va a mi lado sin yo verlo;
que, a veces, voy a ver,
y que, a veces, olvido.
El que calla, sereno, cuando hablo,
el que perdona, dulce, cuando odio,
el que pasea por donde no estoy,
el que quedará en pié cuando yo muera.

Ich bin nicht ich.
Ich bin jener,
der an meiner Seite geht, ohne daß ich ihn erblicke,
den ich oft besuche,
und den ich oft vergesse.
Jener, der ruhig schweigt, wenn ich spreche,
der sanftmütig verzeiht, wenn ich hasse,
der umherschweift, wo ich nicht bin,
der aufrecht bleiben wird, wenn ich sterbe.

Está tan puro ya mi corazón,
que lo mismo es que muera
o que cante.

Puede llenar el libro de la vida,
o el libro de la muerte,
los dos en blanco para él,
que piensa y sueña.

Igual eternidad hallará en ambos.

Corazón, da lo mismo: muere o canta.

Mein Herz ist nun so rein,
daß es gleichviel zählt, ob es stirbt
oder singt.

Es kann das Buch des Lebens füllen
oder das Buch des Todes.
Beide sind unbeschrieben für mein Herz,
das denkt und träumt.

Gleichviel Ewigkeit wird es in beiden finden.

Herz, es zählt gleichviel: stirb oder singe.

¡Quién, quién, naturaleza,
levantando tu gran cuerpo desnudo,
como las piedras, cuando niños,
se encontrara debajo
tu secreto pequeño e infinito!

VERMÖCHTE MAN DOCH, O NATUR,
deinen großen, nackten Körper emporzuheben,
gleich Steinen in der Knabenzeit,
und fände darunter
dein kleines und unendliches Geheimnis!

SIENTO QUE EL BARCO MÍO
ha tropezado, allá en el fondo,
con algo grande.
                                                ¡Y nada
sucede! Nada . . . Quietud . . . Olas . . .

– ¿Nada sucede; o es que ha sucedido todo,
y estamos ya, tranquilos, en lo nuevo? –

ICH SPÜR', DASS MEIN SCHIFF,
dort in der Tiefe, auf etwas Großes
gestoßen ist.
Und nichts
geschieht! Nichts . . . Ruhe . . . Wogen . . .

– Nichts geschieht; oder ist alles geschehen,
und wir sind schon mit dem Neuen vertraut? –

TODOS DUERMEN, ABAJO.
Arriba, alertas,
el timonel y yo.

Él, mirando la aguja, dueño de
los cuerpos, con sus llaves
echadas. Yo, los ojos
en lo infinito, guiando
los tesoros abiertos de las almas.

ROUTE

ALLE SCHLAFEN, UNTEN.
Oben, wachsam,
der Steuermann und ich.

Er, auf die Nadel blickend, Herr über
die Körper hinter verschlossenen
Türen. Ich, die Augen
im Unendlichen, lenke
die erschlossenen Schätze der Seelen.

LA GLORIA

Qué canción tuya quedará,
como una flor eterna, corazón,
cuando tú ya no tengas
ni fosa ni memoria;
cuál, entre todas estas flores
de esta pradera mía, verde,
que mueve, ahora, el viento alegre de mi vida?

DER RUHM

WELCHES DEINER LIEDER WIRD ÜBERDAUERN
wie eine ewige Blume, Herz,
wenn du weder Grab
noch Erinnern haben wirst?
Welche wohl von all diesen Blumen
in meiner grünen Wiese,
die jetzt der muntere Wind meines Lebens wiegt?

No dejes ir un día,
sin cojerle un secreto, grande o breve.
Sea tu vida alerta
descubrimiento cotidiano.
Por cada miga de pan duro
que te dé Dios, tú dale
el diamante más fresco de tu alma.

Lass den Tag nicht verstreichen
ohne ihm ein großes oder kleines Geheimnis abzuringen.
Es sei dein Leben wachsam,
täglich eine Entdeckung.
Für jede Krume harten Brotes,
die dir Gott gibt, gib du ihm
den reinsten Edelstein deiner Seele.

ALREDEDOR DE LA COPA
del árbol alto,
mis sueños están volando.

Son palomas, coronadas
de luces puras,
que, al volar, derraman música.

¡Cómo entran, cómo salen
del árbol solo!
¡Cómo me enredan en oro!

RINGS UM DEN WIPFEL
des hohen Baumes herum
fliegen meine Träume.

Tauben sind's, von reinen
Lichtern gekrönt,
die im Flug Musik vergießen.

Wie sie ein- und ausfliegen
vom einsamen Baum!
Wie sie mich in Gold verstricken!

TRAS LA PARED HA SONADO
su voz.

Sólo una pared
separa el cielo del mundo;
pero ¡que térrible es!
Todos están ahí al lado
¡y no nos podemos ver!

Jenseits der Wand erklang
ihre Stimme.
                Eine Wand nur
trennt vom Himmel die Welt.
Aber schrecklich ist's,
denn alle stehn dort drüben,
und wir können uns nicht sehn!

HE VENIDO.
Pero allí se quedó mi llanto,
a la orilla del mar,
llorando.

He venido.
Pero no os serviré de nada,
porque allí se quedó
mi alma.

He venido.
Pero no me llaméis hermano,
que mi alma está allí,
llorando.

Ich bin gekommen.
Aber dort blieb meine Klage,
am Ufer des Meeres
und weint.

Ich bin gekommen.
Aber es wird euch nichts helfen,
weil meine Seele
dort blieb.

Ich bin gekommen.
Aber nennt mich nicht Bruder,
denn dort weilt meine Seele
und weint.

OCASO

OH, QUÉ SONIDO DE ORO QUE SE VA,
de oro que se va a la eternidad;
qué triste nuestro oído, de escuchar
ese oro que se va a la eternidad,
este silencio que se va a quedar
sin su oro que se va a la eternidad!

SONNENUNTERGANG

O WELCHER KLANG AUS GOLD, DER VERWEHT,
aus Gold, das in die Ewigkeit eingeht.
Wie traurig für unser Ohr, zu lauschen
diesem Gold, das in die Ewigkeit eingeht;
dieser Stille, die ihr Gold verliert,
weil es in die Ewigkeit eingeht.

¿Qué me importa, sol seco?
Yo hago la fuente azul en mis entrañas.

Nieve sin luz, ¿y qué?
Yo hago en mi corazón la fragua grana.

¿Qué me importa, amor humano?
Yo hago la eternidad de amor en mi alma.

ZWEITER SCHÖPFER

Was kümmert mich die dürre Sonne?
Ich schaffe die blaue Quelle in meinem Innern.

Schnee ohne Licht – was tut's?
Ich schaffe in meinem Herzen die rotglühende Schmiede.

Was kümmert mich menschliche Liebe?
Ich schaffe der Liebe Ewigkeit in meiner Seele.

SÓLO TÚ

SOLO, TÚ, MÁS QUE VENUS,
puedes ser
estrella mía de la tarde,
estrella mía del amanecer!

DU ALLEIN

DU ALLEIN, MEHR ALS VENUS,
kannst
mein Abendstern,
mein Morgenstern sein!

In Spanien und auch in Lateinamerika genoß Juan Ramón Jiménez, 1956 mit dem Nobelpreis für Literatur ausgezeichnet, bereits seit Jahrzehnten anhaltenden Ruhm. Er gehörte zu den Hauptvertretern jener literarischen Bewegung, dem ›Modernismus‹, die um die Jahrhundertwende einsetzte und um eine nationalbetonte Geisteshaltung bemüht war. Er hat eine reiche, mit neuen Akzenten durchwirkte lyrische Ernte zurückgelassen (über zwei Dutzend Gedichtbände!) und damit für spätere Generationen bahnbrechend gewirkt. Er ist ein echter Dichter, ein Meister von Meistern: García Lorca, Guillén, Alberti, Aleixandre wären ohne ihn undenkbar. Mit dem entzückenden Prosaband ›Platero y yo‹ (›Platero und ich‹, gekürzte deutsche Ausgabe im Insel-Verlag) schenkte er seinem Volk ein Meisterwerk.

In Südspanien, im Westzipfel Andalusiens, befindet sich das Fischerdorf Moguer. Die Wogen des Atlantiks peitschen die Küste. Nachts suchen zwei, drei Leuchttürme mit nimmermüden Augen die Weiten des Meeres ab. Im Landesinnern liegen weiße, geduckte Häuser – gleich verstreuten Zuckerwürfeln – in eine grüne, unüberschaubare Ebene gebettet. Hier erblickte Juan Ramón Jiménez im Jahre 1881 das Licht der Welt.

Hier entstand auch – dreißig Jahre später – seine ›Andalusische Elegie‹, der unsterbliche ›Platero‹.

Er stammte aus gutem Hause, wurde im Jesuitenkolleg Cádiz erzogen, studierte dann an der Universität Sevilla die Rechte und kam später nach Madrid. Hier erwarb er sich einen Namen als Lyriker. Der junge Poet war kränklich und lebte in ständiger Zurückgezogenheit. Seine schonungsbedürftige Gesundheit bewog ihn sogar, ein Arbeitszimmer mit gepolsterten Wänden einrichten zu lassen. Die geringsten Geräusche konnten ihn foltern. Er zog die goldene Einsamkeit vor.

Trotzdem wagte er Reisen nach Frankreich, Italien und der Schweiz. 1917 weilte er in den Vereinigten Staaten. Hier fand er seine Lebensgefährtin, die ihm unermüdlich zur Seite stand. Gemeinsam haben sie Werke des indischen Nobelpreisträgers Tagore ins Spanische übertragen. Seit dem Bürgerkrieg lebte Jiménez, ganz seinem literarischen Schaffen hingegeben, mit seiner Gattin in den Vereinigten Staaten. Die letzten Jahre seines Lebens verbrachte er in Puerto Rico. Er hat sich aber geweigert, jemals eine Zeile Englisch zu schreiben. Als echter Spanier blieb er seiner Muttersprache treu.

Jiménez' lyrisches Werk ist sehr umfangreich: Um des genauen Ausdrucks willen verzichtet seine Lyrik bewußt auf Reim und regelmäßiges Versmaß, auf starr überlieferte Formen. Seine Gedichte sind ›gemacht‹, um mit Valéry zu sprechen. Dichtung heißt für ihn, den ›genauen Namen der Dinge‹ finden. Dies setzt voraus: Zucht, Maß, Askese, Konzentration. Gedanke und Gefühl werden eins. Anekdotisches wird weggelassen, Überflüssiges wird ausgemerzt. Er überwindet jene landläufige Redseligkeit, die dem Spanier – und dem Andalusier im besonderen – nachgesagt wird. Jiménez war jener Dichter in Spanien, der mit einem Minimum an Wortaufwand ein Maximum an Wirkung erzielt hat. Er wird als der Vater der ›poésie pure‹ betrachtet.

Immer wieder nahm er seine Gedichte zur Hand. Mit Bienenfleiß suchte er nach lückenhaften Stellen, feilte, strich hier, ergänzte dort. Sein Werk war ständig im Wandel begriffen. »Alle meine Gedichte«, bekannte dieser Meister der spanischen Sprache, »sind Phasen zu einem einzigen Gedicht.« Es war ein stetes, zähes Ringen um den endgültigen, unverrückbaren Ausdruck. Darum sind auch seine Gedichte formal kurze, knappe Gebilde, deren Schönheit und Zauber den Leser erst bei wiederholter Lektüre gefangen nehmen. Seine Verse scheinen unbekümmert, mühelos hingehaucht – auch seine schwebende, duftende, durchsichtige Prosa.

Seine Gedichtbände sind ausdrücklich der ›Minderheit‹ gewidmet und mit dem Goethe-Wort versehen:

Wie das Gestirn,
Ohne Hast,
Aber ohne Rast . . .

Ein Wort zur Auswahl und Übertragung: Es war kein leichtes, aus einigen Hunderten von Gedichten eine kleine Auswahl zu treffen. Obgleich persönliche Vorlieben mitspielten, war ich bestrebt, Jiménez' höchsteigene lyrische Welt einzufangen, indem ich jene Gedichte auswählte, die mir für den Dichter charakteristisch erschienen. Wir finden sie vorwiegend in seiner mittleren Epoche, also zwischen 1913 und 1923, mit ›Eternidades‹ und ›Poesía‹, als schönsten Beispielen. Sie prägen den unverkennbaren Juan Ramón. Die Gedichte stehen in chronologischer Reihenfolge. Ich habe versucht, sie so wortgetreu als möglich zu übersetzen. Im spanischen Text ließ ich die Eigenwilligkeiten und Neuerungen des Autors in Schreibart und Interpunktion unangetastet.

Wenn das bedeutende Spätwerk des Dichters ›Dios deseado y deseante‹ (1949) in der Auswahl mit keinem einzigen Gedicht vertreten ist, dann hat das seinen ganz bestimmten Grund: Das schon im Spanischen schwer zugängliche Werk gehört einem geschlossenen Gedichtzyklus an; vereinzelt hätten die Gedichte an Wirkung eingebüßt, und abgesehen davon wäre ein umfangreicherer Kommentar unumgänglich gewesen.

Das hätte aber den Rahmen dieser Anthologie gesprengt.

Ich danke Herrn Professor Dr. J. A. Doerig und meinem Verleger, die mir bei der Auswahl und der Übersetzung wertvolle Dienste geleistet haben.

H. L. Davi

Henri Matisse im Diogenes Verlag

Über Kunst

Sämtliche Aufsätze, Interviews, Statements und Radiosendungen des Meisters
Nach der Edition von Jack D. Flam
Aus dem Amerikanischen und Französischen von Elisabeth Hammer-Kraft
Mit 52 Abbildungen

Die Texte vermitteln einen umfassenden Überblick über die ästhetischen Vorstellungen einer der wichtigsten Persönlichkeiten der Kunst des 20. Jahrhunderts. Mit Biographie, Einleitung, ausführlichem Anmerkungsapparat und Bibliographie.

Der Zeichner

Hundert Zeichnungen und Graphiken 1898-1952
Herausgegeben von Jean Jouvet
Mit einem Essay von Hans Hildebrandt

»Matisse sagte einmal, daß ihn mehr als das Stilleben und die Landschaft die menschliche Figur interessiere. Sie gestatte ihm am besten, das gleichsam religiöse Gefühl auszudrücken, das er für das Leben habe. Solche Worte verraten die Ehrfurcht, die Matisse vor dem Menschen hatte. Er hat ihn nicht abgebildet, um eine Art Dokument von ihm zu schaffen. Er wollte nur seine Empfindungen von ihm wiedergeben und dadurch das geistige Weltbild um eine neue Form bereichern. Seine Zeichnungen sind Gleichnisse vom Menschen, die ihre tiefe Wirkung durch die Wahrhaftigkeit der Form erreichen. Ihre Anmut und Schönheit stammt aus der Sehnsucht des Künstlers, der Unruhe der Welt eine ästhetische Formel entgegenzustellen, in der Eros und Geist sich durchdringen und, ins Gleichgewicht gebracht, Reinheit und Ruhe bewirken.«
Curt Seckel

Lyrik im Diogenes Verlag

● **Alfred Andersch**
empört euch der himmel ist blau
Gedichte und Nachdichtungen 1946–1977

● **Charles Baudelaire**
Die Blumen des Bösen
Gedichtzyklus. Aus dem Französischen von Terese Robinson. Nachwort von Hans H. Henschen

● **Gottfried Benn**
Ausgewählte Gedichte
Herausgegeben und mit einem Nachwort von Gerd Haffmans. Frontispiz von George Grosz

● **Bertolt Brecht**
Die schönsten Gedichte
Ausgewählt von Silvia Sager. Mit einem Nachwort von Hannah Arendt

● **Wilhelm Busch**
Gedichte
Herausgegeben, mit Anmerkungen und einem Nachwort von Friedrich Bohne

Die schönsten Gedichte
Ausgewählt von Christian Strich

● **Matthias Claudius**
Die schönsten Gedichte
Ausgewählt von Christian Strich

● **Emily Dickinson**
Guten Morgen, Mitternacht
Gedichte und Briefe zweisprachig. Ausgewählt, aus dem Amerikanischen übertragen sowie mit einem Nachwort versehen von Lola Gruenthal

● **John Donne**
Alchimie der Liebe
Gedichte zweisprachig. Ausgewählt, übertragen sowie mit einem Nachwort und Anmerkungen versehen von Werner von Koppenfels

● **Friedrich Dürrenmatt**
Das Mögliche ist ungeheuer
Ausgewählte Gedichte

● **Joseph von Eichendorff**
Wem Gott will rechte Gunst erweisen
Die schönsten Gedichte. Ausgewählt von Franz Sutter. Mit einem Nachwort von Karl Jürgen Miesen

● **Theodor Fontane**
Die schönsten Gedichte
(vorm. Wer schaffen will, muß fröhlich sein)
Ausgewählt von Franz Sutter

● **Paul Gerhardt**
Ich bin ein Gast auf Erden
Gedichte. Herausgegeben und mit einem Nachwort von Heimo Reinitzer

● **Johann Wolfgang Goethe**
Gedichte I
Lieder / Balladen / Elegien / Sonette / Kantaten / Epigramme. Herausgegeben von Ernst Merian-Genast. Nachwort von Richard Dehmel

Gedichte II
Gedankenlyrik / Westöstlicher Divan. Herausgegeben von Ernst Merian-Genast. Mit einem Nachwort von Konrad Burdach

Die schönsten Gedichte
(vorm. Liebesgedichte)
Ausgewählt von Franz Sutter

● **Heinrich Heine**
Gedichte
Ausgewählt und eingeleitet von Ludwig Marcuse

Die schönsten Gedichte
Ausgewählt von Anton Friedrich

● **Hermann Hesse**
Die schönsten Gedichte
Ausgewählt von Christian Strich. Mit einem Essay des Autors über Gedichte und einem Nachwort von Maria Nils

● **Otto Jägersberg**
Wein, Liebe, Vaterland
Gedichte. Erweiterte Ausgabe

● **Juan Ramón Jiménez**
Herz, stirb oder singe
Gedichte, spanisch und deutsch. Auswahl und Übertragung von Hans Leopold Davi. Mit fünf Zeichnungen von Henri Matisse

● Christian Morgenstern
Alle Galgenlieder
Galgenlieder/Palmström/Palma Kunkel/Der Gingganz. Fotomechanischer Nachdruck der Erstausgabe 1932

Galgenlieder
Ausgewählt von Christian Strich

● Wilhelm Müller
Die Winterreise und Die schöne Müllerin
Mit Zeichnungen von Ludwig Richter

Die Winterreise
Mit Zeichnungen von Ludwig Richter

● Friedrich Nietzsche
Gedichte
Ausgewählt von Anton Friedrich. Mit einer Rede von Thomas Mann

Die schönsten Gedichte
Ausgewählt von Anton Friedrich

● Rainer Maria Rilke
Die schönsten Gedichte
Ausgewählt von Franz Sutter. Mit einem Nachwort von Stefan Zweig

● Joachim Ringelnatz
und auf einmal steht es neben dir
Gesammelte Gedichte

Es zwitschert eine Lerche im Kamin

Turngedichte
Mit Zeichnungen von Karl Arnold

Kuttel Daddeldu
Mit Zeichnungen von Karl Arnold

Die schönsten Gedichte
Ausgewählt von Franz Sutter und Antje Stählin. Mit einer kleinen Autobiographie des Autors

Gedichte und Prosa
in kleiner Auswahl

Sämtliche Gedichte

● Shakespeare
Sonette
Englisch und deutsch. Herausgegeben und mit einem Vorwort von Hanno Helbling

Liebessonette
Englisch und deutsch. Mit einem Nachwort von Gisela Hesse

● Walther von der Vogelweide
Liebsgetön
Minnelieder, frei übertragen von Karl Bernhard. Mit einem Nachwort von Walter Muschg

● Walt Whitman
Grashalme
Nachdichtung von Hans Reisiger. Mit einem Essay von Gustav Landauer

● Das alte Wahre, faß es an!
Gedichte von Martin Luther bis Friedrich Nietzsche. Ausgewählt von Franz Sutter

● Geh aus, mein Herz, und suche Freud
Die Jahreszeiten in Gedichten von Matthias Claudius bis Gottfried Keller. Mit Zeichnungen von Ludwig Richter. Herausgegeben von Anton Friedrich. Mit einem Nachwort von Marianne Bernhard

● Die schönsten Katzengedichte
(vorm. Die allerliebsten Kätzchen)
Ausgewählt von Anne Schmucke. Mit Zeichnungen von Tomi Ungerer

● Die schönsten deutschen Liebesgedichte
Von Walther von der Vogelweide bis Gottfried Keller. Ausgewählt von Christian Strich

● O du fröhliche, o du selige Weihnachtszeit
Die schönsten deutschen Weihnachtslieder und -gedichte von Walther von der Vogelweide bis Wilhelm Busch. Mit Illustrationen von Cranach, Dürer, Richter, Pocci u.a. Herausgegeben von Anne Schmucke

● Wer reitet so spät durch Nacht und Wind
Die schönsten deutschen Balladen von Gotthold Ephraim Lessing bis Erich Kästner. Ausgewählt von Christian Strich